JOSÉ MAVIAEL MONTEIRO

O DIA EM QUE ROUBARAM A SOMBRA DO REI

ILUSTRAÇÕES
LENINHA LACERDA

Esta edição possui o mesmo texto ficcional das edições anteriores.
Este livro foi originalmente publicado na Coleção Histórias do Reino, da Editora Scipione.

O dia em que roubaram a sombra do rei
© José Maviael Monteiro, 1992

Diretoria editorial Lidiane Vivaldini Olo
Gerência editorial Kandy Saraiva
Edição Flávia Andrade Zambon

Gerência de produção editorial Ricardo de Gan Braga
Arte
Narjara Lara (coord.)
Projeto gráfico Gláucia Correa Koller, Soraia Scarpa (adaptação)
Revisão
Hélia de Jesus Gonsaga (ger.) e Laura Vecchioli
Iconografia
Sílvio Kligin (superv.), Cesar Wolf e Fernanda Crevin (tratamento de imagem)

CIP-BRASIL. CATALOGAÇÃO NA PUBLICAÇÃO
SINDICATO NACIONAL DOS EDITORES DE LIVROS, RJ

M774d
5. ed.

Monteiro, José Maviael, 1931-1992
   O dia em que roubaram a sombra do rei / José Maviael Monteiro; ilustrações Leninha Lacerda. - [5. ed.] - São Paulo: Scipione, 2016.
   32 p. : il. ; (Biblioteca Marcha Criança)

   Apêndice
   ISBN 978-85-262-9994-8

   1. Ficção infantojuvenil brasileira. I. Lacerda, Leninha. II. Título. III. Série.

16-35377
                    CDD: 028.5
                    CDU: 087.5

Código da obra CL 739953
CAE 595001

2017
5ª edição
6ª impressão
Impressão e acabamento: Corprint Gráfica e Editora Ltda

editora scipione
Direitos desta edição cedidos à Editora Scipione S.A., 2016
Avenida das Nações Unidas, 7221
Pinheiros – São Paulo – SP – CEP 05425-902
Tel.: 4003-3061 / atendimento@aticascipione.com.br
www.aticascipione.com.br

IMPORTANTE: Ao comprar um livro, você remunera e reconhece o trabalho do autor e o de muitos outros profissionais envolvidos na produção editorial e na comercialização das obras: editores, revisores, diagramadores, ilustradores, gráficos, divulgadores, distribuidores, livreiros, entre outros. Ajude-nos a combater a cópia ilegal! Ela gera desemprego, prejudica a difusão da cultura e encarece os livros que você compra.

— Roubaram a sombra do Rei!

A estranha notícia logo se espalhou por todo o reino, até os lugares mais distantes.

Aconteceu durante uma festa que o Rei deu no castelo. Mas a sua falta só foi notada no dia seguinte, quando ele acordou. E a sombra do Rei era uma coisa importante. Ela era grande, tão grande que se espalhava por todos os cantos, cobrindo e protegendo muita gente. Ministros, condes, viscondes, barões, marqueses, todos viviam abrigados por ela, morando no castelo do Rei, comendo e bebendo do bom e do melhor, sem precisar trabalhar. Não faziam nada nem deixavam o Rei fazer.

Se ele ia para a direita, os sombrinos (era assim que se chamavam os que viviam à sombra do Rei) o acompanhavam; se ia para a esquerda, aquela multidão de desocupados ia atrás. Ele sorria feliz porque os sombrinos o elogiavam e faziam músicas, poesias e discursos em sua homenagem.

    Era tanta gente que disputava um lugar à sombra do Rei, que às vezes surgiam discussões e brigas, resultando em socos, tapas e palavrões. O Rei acalmava a todos, levando-os em suas constantes viagens aos reinos vizinhos a bordo de seu tapete mágico.

    Naquela manhã, o Rei acordou e abriu uma das janelas do seu quarto, aquela que dava para o reino vizinho. A claridade do sol entrou e, quando ele olhou para trás, levou um susto. Chamou a Rainha:

— Rainha, onde está minha sombra?!...

— Ham... Ham... — resmungou a Rainha.

    Cansada da festa, ela não acordou. O Rei irritou-se:

— Rainha, onde está minha sombra?! Onde você guardou minha sombra?!...

— Ham... Ham...

— O Rei enfureceu-se e arrancou as cobertas em que a Rainha estava enrolada:

— Acorde, Rainha! Onde está minha sombra?!...

A mulher sentou-se na cama, ainda sonolenta:

— O que você perdeu desta vez?!...

A pergunta tinha razão de ser, porque o Rei só vivia no mundo da Lua, pensando e sonhando com grandezas. De tanto sonhar com a Lua, acabava perdendo as coisas aqui na Terra. Num dia perdeu o manto real, noutro, uma bota, as meias, depois um anel, a peruca... Por isso, a coroa era bem amarrada à sua cabeça para que não a perdesse também.
A última coisa que o Rei perdeu foi a vergonha, mas, como ela não lhe fazia falta, não se preocupou em procurá-la. Aliás, não era só o Rei. Os nobres que o acompanhavam também haviam perdido a vergonha ou não a usavam mais. Parece que tinha saído de moda.

A rainha, ainda sentada na cama, repetiu a pergunta:

— O que você perdeu desta vez?

— A sombra, Rainha! Perdi minha sombra. Você não a pôs em algum lugar?

— Eu não peguei sua sombra — defendeu-se a Rainha. — Procure dentro dos armários, embaixo da cama e nos banheiros. Será que você não a deixou cair em algum canto?

— Eu nunca me separo dela! Não sei como isso foi acontecer!

A Rainha levantou-se e foi ajudar o Rei a procurar sua sombra. Desarrumaram a cama, sacudiram os lençóis, os cobertores, os travesseiros, abriram as gavetas dos armários, olharam atrás das cortinas, embaixo dos tapetes, nas cabines, entre as roupas, nos banheiros, atrás das portas e até mesmo no enorme lustre pendurado no teto. Nada. Nem sombra de sombra.

O Rei estava desesperado:

— Não é possível! Uma sombra tão grande, tão forte, não pode desaparecer assim! Não vou poder sair sem minha sombra!

A Rainha discordou:

— Você não pode ficar a vida inteira aqui dentro do quarto!

— E como vou sair sem minha sombra, Rainha?! Em todos os lugares as pessoas estarão com suas sombras. E eu tenho vergonha de sair sem ela.

— Você não tinha perdido a vergonha, Rei? Será que já a encontrou?

— Não. Não achei nem tenho necessidade dela. Perdi a vergonha, mas tenho minha vaidade bem guardada. Essa, eu não perco.

— Cuidado, pois podem roubá-la.

— Não. Todos têm vaidade de sobra... Mas, espere um pouco! Você disse roubar... Será... será que roubaram a minha sombra?

A Rainha concordou:

— Tem razão. Alguém pode ter roubado sua sombra.

E, como um louco, o Rei começou a gritar:

— Guardas, seguranças, venham aqui! Roubaram minha sombra! Tranquem todas as portas do castelo, porque o ladrão ainda pode estar aqui dentro! Revistem todo mundo, procurem em todos os lugares! Eu quero minha sombra de volta!

Logo, as grandes portas do castelo foram fechadas. Ninguém podia entrar ou sair enquanto o mistério não fosse resolvido.

O conde de Boavida falou para o marquês de Vidamansa:

— O que aconteceu é muito grave, senhor marquês. Como se pôde roubar uma sombra daquele tamanho!

— E o que faremos nós sem a sombra do Rei? — perguntou o marquês, muito preocupado.

— Não podemos ficar assim. É preciso encontrá-la de qualquer maneira — acrescentou o conde.

E pela primeira vez os sombrinos trabalharam. Desajeitados, percorreram todas as dependências do castelo, do alto das torres aos subterrâneos, as muralhas, os imensos salões, os inúmeros quartos, depósitos... Tudo foi revistado minuciosamente, e nem sombra da sombra.

Apesar de todas as buscas dentro do castelo, a sombra do Rei não foi encontrada. A Rainha teve então uma ideia:

— Mande chamar Enrolim, o mágico do reino!

— Enrolim é enrolão — disse o Rei. — Não vai encontrar nada.

— É a nossa última esperança — disse a Rainha.

E, diante da última esperança, o Rei não teve outro jeito senão mandar buscar Enrolim para desvendar o misterioso mistério.

Enrolim era tão velho quanto o tempo. Tinha longas barbas brancas que lhe chegavam aos pés. Naquele dia trouxe consigo uma garrafa com um pouco de luz de relâmpago, um caldeirão feito de uma noz gigante e uma enorme quantidade de frascos de diferentes tamanhos com substâncias de todas as cores.

Ali mesmo, no meio dos aposentos reais, o mágico armou uma fogueira e acendeu-a com a luz de relâmpago. Dentro do caldeirão colocou rabos de lagartixa, chifres de unicórnio, suco de nunca-mais, sorvete de arco-íris, uma pitada de sal de trovão e pedaços de segunda-feira.
O líquido ferveu e as bolhinhas que se formavam viraram bolinhas de gude. Enrolim engoliu-as com um copo de água de pedra.

No mesmo instante, toda a figura do mágico brilhou, como se ele tivesse engolido uma lâmpada. Com voz rouca, dirigiu-se ao Rei, dizendo:
— Majestade, agora posso encontrar tudo o que foi perdido!... O que quer Vossa Majestade?
— O Rei gritou, sorrindo de alegria:
— Minha sombra, Enrolim, minha sombra!

O mágico aproximou-se do caldeirão e enfiou nele as mãos compridas e ossudas. Rapidamente exclamou:

— Achei, Majestade!

— Minha sombra?

— Não. Vosso anel.

E retirou do fundo do caldeirão o anel perdido há muito tempo pelo Rei.

A alegria do Rei não foi muito grande. Afinal, o que ele queria mesmo era a sua sombra...

Enrolim voltou a procurar no fundo do caldeirão algum objeto perdido:

— Achei, Majestade!

— Minha sombra?

— Não. Vossas ceroulas.

O Rei fez um gesto de aborrecimento, mas ainda insistiu:

— Procure minha sombra, Enrolim, minha sombra.

— Achei, Majestade!

— O quê?

— Vosso manto real.

— Minha sombra, Enrolim, minha sombra, senão mando cortar-lhe a cabeça.

Sem se perturbar, o mágico tronou a mergulhar as mãos no líquido. Remexeu, remexeu e, de lá, arrancou uma bota.

— Vossa bota, Majestade!

— MINHA SOMBRA! MINHA SOMBRA! — gritou o Rei, desesperado.

O mágico ainda retirou alguns botões, uma touca de dormir, uma camisola, um par de meias, uma peruca, uma dentadura...

— Fora!... — gritou o Rei, impaciente. — Fora daqui!... Soldados, levem Enrolim para o pátio e cortem-lhe a cabeça!

— Uma última chance, Majestade! — pediu o mágico, assustado.

Desesperadamente, Enrolim meteu as mãos no caldeirão, mas nada encontrou. Reforçou a poção mágica com um pé de vento e dois dedos de prosa. Mexeu bem, deixou ferver e, antes que o líquido esfriasse, tirou duas bolinhas de gude e engoliu-as de uma vez. Logo em seguida gritou:

— Achei, Majestade!

Lentamente retirou algo esponjoso do fundo do líquido mágico. Quando o Rei viu aquilo, soltou um grito de horror:

— Não! Não! Minha vergonha não! Foi a minha vergonha que você achou, mas não preciso dela!

Enrolim suava por todos os poros. E com certeza não era pelo calor do fogo. Era de medo mesmo. Apesar de todas as suas mágicas, não poderia evitar que sua cabeça fosse cortada. Diante dele, o Rei, impaciente, gritava:

— MINHA SOMBRA, Enrolim, MINHA SOMBRA!

As mãos ossudas voltaram a buscar no fundo do caldeirão o objeto tão precioso, mas... nem sombra da sombra.

Os guardas já estavam sendo chamados para a execução de Enrolim, quando ele teve uma ideia luminosa. Tão luminosa que clareou todo o aposento onde estavam. O mágico fechou os olhos, ergueu o braço direito e disse, com voz grave, dando ênfase a cada palavra:

— Majestade, benditos aqueles que não têm sombra! Os poderes secretos do Saber Absoluto me segredaram que sua sombra não foi perdida.
O homem de amanhã não terá sombra. Sombra é coisa do passado, e Vossa Majestade será a primeira pessoa a não ter sombra. Salve o Rei sem sombra! Espalhem por todos os cantos do reino que sombra é uma coisa incômoda, do passado. Vossa Majestade é um homem do amanhã!

A princípio, o Rei ouviu o discurso do mágico, sem se convencer, mas, à medida que ele ia falando, a emoção ia tomando conta do Rei.

No fim, já estava entusiasmado e gritava:

— Mandem espalhar por todos os cantos do reino que, a partir deste momento, os homens não mais terão sombra. Isso é coisa do passado, e em nosso reino ela estará fora de moda.

Não é preciso dizer que o mágico não só foi libertado, como ainda recebeu uma bolsa recheada com moedas de ouro.

Naquela mesma manhã o Rei apareceu na janela mais alta do castelo para falar ao povo. Estava um dia de sol bonito, e ele aproveitou para demonstrar a maravilha das maravilhas: era um homem que não possuía sombra. Passeou de um lado para outro, gesticulou, exibiu-se a pleno sol, mas nem a mais leve sombra apareceu.

Lá embaixo, o povo, espantado, assistiu em silêncio àquela exibição de um rei sem sombra.

Mas, nem tudo era alegria. À volta do Rei, os nobres, embora aplaudissem a maravilha de um rei sem sombra, começavam a sentir-se mal. O sol estava forte, escaldante, e eles, desacostumados à sua intensidade, quase desmaiavam. A sombra do Rei estava lhes fazendo falta, e um ou outro recostou-se na parede para não cair.

Quando a cerimônia terminou, os sombrinos haviam tomado uma decisão. O ministro do Sossego foi quem disse:

— Sua Majestade, o Rei, tem razão. A sociedade moderna, o homem de hoje, não pode mais viver com sombra. Ela é uma coisa incômoda, que só tem sentido existir para o povão. Até os animais e as coisas têm sombra. Nós somos nobres, e devemos nos desfazer das nossas o mais rápido possível.

O marquês de Vidamansa anunciou:

— Hoje mesmo vou vender a minha.

Os outros nobres concordaram imediatamente.

Naquela mesma tarde, as cidades do reino foram invadidas por mercadores que anunciavam, em altos brados:

— Vende-se uma sombra de marquês!

— Vende-se, pelo melhor preço possível, uma sombra de ministro!

— Aproveitem a ocasião! O conde de Boavida está vendendo a sua sombra!

— Seja rico ou seja pobre, compre já a sombra de um nobre!

— Viva mais e melhor com a sombra do visconde de Mocotó!

— Para você que é grandão, a sombra de um barão!

Mas o povo não se mostrou interessado. E como não conseguissem vender as próprias sombras, os nobres baixaram seus preços. Nem assim conseguiram compradores.

Foi o conde de Boavida que teve a ideia de tentar outra solução. Mandou anunciar por toda parte:

— Doa-se uma sombra de conde! Alta, elegante, obediente a qualquer movimento!

O marquês de Vidamansa resolveu imitá-lo e mandou anunciar:

— Ao primeiro que se interessar, doa-se uma sombra de marquês, em ótimo estado! Confortável, elegante e útil para qualquer pessoa!

E os anúncios se sucederam:

— Doa-se uma sombra de visconde, quase sem uso!

— Venha buscar, agora mesmo, sua sombra de barão!

Nem assim. Ninguém quis... desculpem. Toda regra tem exceção, e essa não poderia ser diferente. Um viajante estrangeiro, passando pela cidade, interessou-se pela sombra do conde. Era o dono de um circo, e por certo a sombra de um nobre faria sucesso.

O conde de Boavida recebeu-o gentilmente. Foi até o meio da praça, deixou que o sol incidisse direto sobre ele, mexeu-se, exibiu a sombra em todos os detalhes, pulou, dançou, deu rápidas corridas, sentou-se, levantou-se demonstrando que a sombra era fiel e obedecia a todos os movimentos, mesmo os mais rápidos. Era uma sombra perfeita, sem defeitos.

O estrangeiro esfregou as mãos com alegria. Viu-se comandando aquele espetáculo no circo e pensou:

"Vou atrair multidões!" Resolveu:

— Fico com a sombra!

O nobre estava tão alegre quanto o dono do circo. Finalmente ele ia se desfazer da sombra, igualar-se ao Rei. Disse sorrindo:

— Pode levá-la, senhor.

O estrangeiro ficou sem saber o que dizer. Por fim, falou:

— Estou esperando, senhor conde, que me entregue a sua sombra!

— Como eu já disse, o senhor pode levá-la. Então, faça o favor de tirá-la.

E agora? Como é que se tira uma sombra? Nem ele nem o conde sabiam. O nobre irritou-se:

— Se o senhor não sabe tirar uma sombra, por que veio buscar a minha?

— Vim porque o senhor a estava doando. Estou acostumado a trabalhar com leões, onças, elefantes de verdade e não com sombras.

O fato é que ninguém sabia como se tirava uma sombra. Assim, o estrangeiro dono do circo foi embora para nunca mais voltar.

Enrolim, o mágico, era a solução. Os nobres, convencidos de que não seriam capazes de, sozinhos, se livrarem das próprias sombras, pediram a ajuda do mágico para solucionar o problema.

Enrolim precisou de muito tempo para preparar a poção mágica que deixaria os nobres livres de suas sombras. No seu caldeirão juntou unha de rato, canto de galo, lágrima de crocodilo, teia de aranha, pé-de--meia, rabo de gato, olho de sogra, cabelo de anjo, sangue de barata e raiz quadrada. Misturou tudo, socou, ferveu, cozinhou, deixou três noites no sereno, juntou um pouco de pó de estrelas com calda de luar e enterrou tudo ao pé de uma figueira brava, só retirando de lá treze dias depois.

Enrolim encheu garrafinhas com o líquido azul--celeste, montou no seu morcego gigante favorito e voou até o castelo do Rei, onde, como sabemos, moravam os nobres.

— Eis aí o tira-sombras, nobres senhores — disse Enrolim. — Ele deve ser tomado, mas só no terceiro dia após a lua nova, logo depois que aparecerem os primeiros raios de sol.

Ora, o Rei tinha preparado uma grande festa para a noite do dia seguinte. Seria a comemoração da nova moda, em que os nobres não mais usariam sombras. Todos estavam se preparando para ela. Em vista disso, o barão do Nadafaz reclamou:

— Não podemos esperar até o terceiro dia após a lua nova!

Os outros nobres também concordaram, e resolveram tomar o remédio mágico na manhã do dia seguinte.

Naquela noite ninguém dormiu. Condes, viscondes, barões, marqueses... passaram o tempo todo levantando-se da cama, indo até a janela para ver se o dia já estava amanhecendo. E ainda estava escuro quando todos foram para o alto de uma colina e aguardaram que os primeiros raios de sol aparecessem.

Quando isso aconteceu e a sombra dos nobres projetou-se no chão, no lado contrário de onde vinha a claridade do sol, o marquês de Vidamansa destampou a garrafinha com o precioso líquido e bebeu-o de uma só vez. Um após o outro, todos os sombrinos tomaram a poção mágica de costas para o sol, olhos fixos nas respectivas sombras. De repente, o marquês de Vidamansa exclamou:

— Olhem aí, a minha sombra está se mexendo e eu estou parado!

Era verdade. A mancha escura no chão movimentava-se, apesar de o marquês estar imóvel.

— A minha também se movimenta! — exclamou o conde de Boavida.

— A minha também!

— E a minha!

Todos se espantaram.

Enquanto os nobres se mantinham parados, suas sombras executavam estranhos movimentos no chão.

— Mas a minha sombra não está desaparecendo! — disse o marquês de Vidamansa, que não tirava os olhos daquele estranho espetáculo.

— Ela está se movimentando... Se modificando... Meu Deus!... O que é isto?!

O marquês estava horrorizado. O duque da Tranquilidade olhou para a sombra dele e disse:

— Você está com a sombra de um burro!

E quando o duque olhou para a sua própria sombra, soltou um grito de pavor:

— Minha sombra é de uma raposa!

— A minha é de uma cobra! — exclamou o conde de Boavida.

— A minha é de um rato! — disse o barão do Nadafaz.

E cada um dos nobres foi descobrindo que suas respectivas sombras se transformavam em silhuetas de animais. E é claro que a sombra acompanhava fielmente todos os movimentos: correr, pular, sentar, deitar, andar...

— Vou matar o Enrolim e cortá-lo em pedacinhos com a lâmina de minha espada! — disse o ministro do Sossego, cuja sombra era a de um porco.

— Eu também vou! — ofereceu-se o conde de Boavida.

E todos saíram correndo em direção à caverna do mágico.

    Furioso, o ministro do Sossego foi correndo na frente, seguido pelos outros sombrinos. A caverna de Enrolim ficava no meio do mato, mas para cortar caminho eles se meteram por dentro de uma aldeia, justamente na hora em que o povo começava o seu trabalho diário.

    Uma criança viu o ministro correndo e notou que havia algo estranho. Gritou:

— Mãe, olhe o homem com a sombra de um porco!

A mulher chamou o marido:

— Olhe o homem com a sombra de um animal.

E logo outras pessoas avistaram os nobres que vinham chegando com suas estranhas sombras:

— Aquele tem sombra de raposa!

— Olhe o bicho-preguiça!

— O rato!

— O macaco!

— O rinoceronte!

A notícia logo se espalhou, e todos vieram ver. E, de repente, alguém iniciou uma vaia que logo contagiou todo mundo:

— Uuuuuuu!!!

Suados, cansados, os nobres apressaram o passo, mas o povo da aldeia vinha atrás vaiando. Os sombrinos não tiveram outra saída senão retornar ao castelo real, ou seja, ao abrigo do Rei.

Entretanto, o Rei já não tinha mais a grande sombra que pudesse escondê-los e protegê-los. Os nobres ficaram à luz do sol, à vista do povo, que via nas sombras de animais características pessoais de cada um deles. Assim, o que tinha sombra de burro era de fato o menos inteligente. O que tinha sombra de rato gostava de roubar o povo. O que tinha sombra de raposa, sabido como ele só, gostava de levar vantagem em tudo. O que tinha sombra de bicho-preguiça não queria nada com o trabalho, e assim por diante.

Naquela aldeia também morava o homem que roubara a sombra do Rei. Ele a queria, pois pensava que assim os nobres iriam se tornar seus amigos e ele acabaria tomando o lugar do Rei. Mas não foi isso que aconteceu. Enrolim, para salvar a cabeça, inventou a moda do homem sem sombra, e a do Rei era, agora, completamente inútil.

Ela foi roubada durante a festa, num momento em que o Rei, já meio tonto pelas bebidas, deixou cair por uns instantes a coroa. Como a sombra era presa ali, soltou-se. O ladrão estava disfarçado de mordomo, e num instante dobrou a sombra em mil pedaços e guardou-a numa mochila. Ninguém viu, pois todos estavam mais preocupados com comidas e bebidas do que com sombras.

Durante o tempo em que o ladrão guardou a sombra, ela havia diminuído de tamanho: estava igual à de uma pessoa comum. Sendo assim, para que ela prestava? Ele resolveu devolvê-la.

Um dia disfarçou-se de camareiro e pôs a sombra, dobradinha, embaixo da cama do Rei.

Quando o Rei acordou e foi calçar os chinelos, soltou um grito de alegria:

— Rainha, olhe a minha sombra! Achei minha sombra! — e colocou-a alegremente, prendendo-a bem à coroa.

A novidade logo se espalhou pelo castelo:

— O Rei está outra vez usando sombra! A moda voltou!

Os nobres tiveram medo de sair dos quartos com suas sombras de bichos, até que o barão do Nadafaz acabou fazendo uma coisa: arriscou-se a se expor à luz do sol, e viu com alegria que estava, outra vez, com sombra de gente. Depois, saíram o ministro do Sossego, o marquês de Vidamansa, o conde de Boavida... Os sombrinos perceberam que tinham sombra de gente novamente, e podiam andar por todos os lugares sem a proteção da sombra do Rei.